目次　「瞼の母」

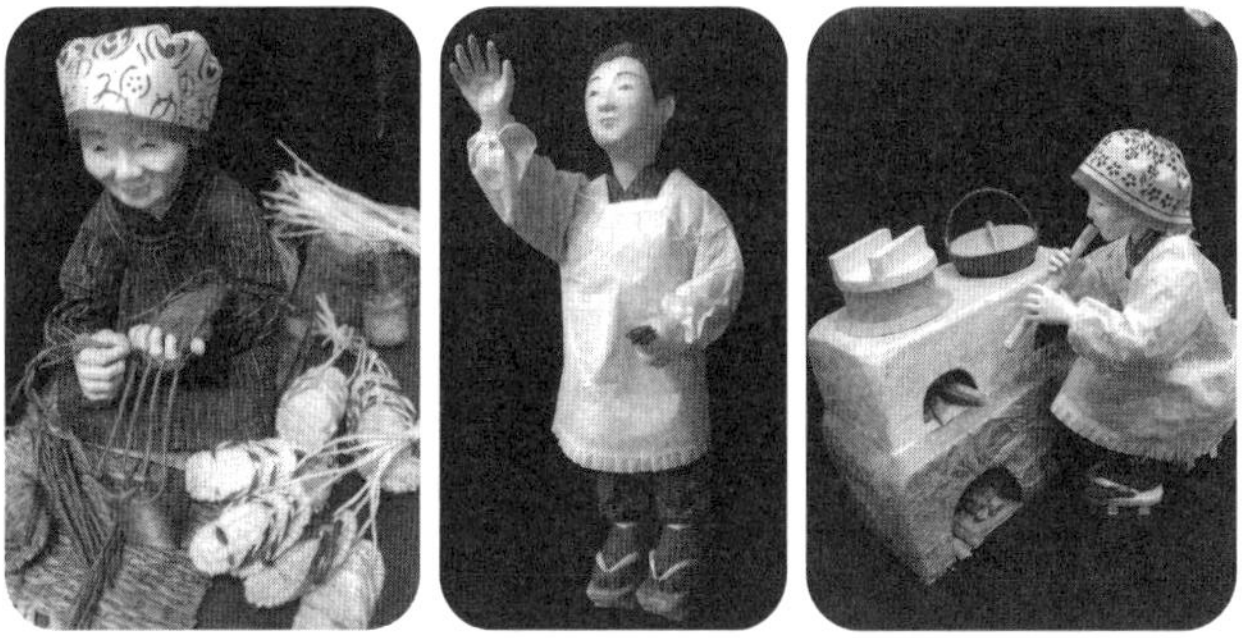

人形制作：清水純子

原爆が投下され、広島の誰もが、今までとは別の人生を歩まねばならなかった。焼け出され、一から、懸命に生きる日々でした。被爆から七、八年経った頃のお話です。

母、家を出る

汽車の事故があって、己斐《こい》駅に降りた時はもう二十分も前に授業が始まっている時刻だった。聡子は小走りに改札口を出たが、いつもの朝の慌ただしさが忘れられた広場を見て、何だか気抜けがしたみたいだった。

それでもすぐに、（よほど遅れてしまった）という責任感のようなものが覆いかぶさってきて、母の顔を見た。

その日、節子が広島へ出てきたのは、乗物の遅れで学校に遅れた五年生の聡子を、学校に送り届けるためではなかった。勿論聡子は、一年生の時から汽車通学には慣れていたから、今更送り迎えでもなかった。

結果的には、遅刻したことのない聡子が、「恥ずかしいから、学校まで付いてきて先生に説明して」とねだるので、学校まで行くことにはしたけれど。

曇天ののしかかるような重苦しさに耐えられなくなって、何とか晴れ間を掴み出すために、手を伸ばして走り出さねばならなくなった。息の詰まりそうな大竹から逃れて、馴染みのある広島で働こうと、節子は決心して出てきたのだった。広島なら、聡子も毎日通学していることだから、市内のどこかに落ち着きさえすれば、会うこともできるのだと自分に言い含めて、決断の一歩を踏み出したのだった。

こうと決心はするものの、それを実行には移しきれなくて、胸にしまっておく日々が続いた。

（家での女の仕事というものは、何がどうとははっきり言えないけれど、男の目には解らないことが沢山あるのを、あの人は解ろうとしないのだから情けない。聡子は一人でどうするだろうか。炊事・洗濯は何とか我慢してやってくれるにしても、離れて暮らしたこともないのに、別々に暮らすことに耐えられるだろうか。自分はどうにか耐えるにしても、聡子はまだ十一歳ではないか。父親というものはいくら気をつけているようでも知れている。それに、あの父親は、そりゃあ聡子を可愛がってくれることはくれるけど、やっぱり何かが欠けている。自然にほとばしるような慈しみというものがない。聡子は、父親の前では、どこか萎縮しているようなところがある。もし聡子を残して行くようなことがあれば……いや、それは出来ない。かと言って連れて出ることは、聡子を不安にするばかりだろうし……）

と、節子は思い迷っていた。

「馬鹿が。何一つ知らず出来もせんくせに、言うことだけは偉そうに。やれ何がどうの、かにがこうのと、いらんことばかりぺちゃくちゃと、人の気を腐らすことしかしりゃせん。甲斐性がありゃ、自分で生活してみい。出たけりゃ、出え、出え！」

夫の滋雄は、虫の居所が悪ければ、役者の前であろうと、「いやなら出て行け！」と怒鳴るばかりか、時には手を上げることさえあった。それでも節子は、決心がつきかねるのだった。

暗闇のモルタルの壁に暖気を奪われた肌寒い映写室の静寂の中で、父の滋雄が寝入るのを待っていた聡子は、節子の手を探りながら口を開いた。

「母ちゃん。働きに行きんさい。聡子は大丈夫よ。ご飯も炊けるし、洗濯もできるよ。聡子が会いに行ってあげるから、どこか住み込める所で働きんさい」

溢れ出る涙は枕に吸い込まれていった。節子は、すべすべと艶の感じられる聡子のおかっぱ頭をなでながら、心の中で詫びていた。

「きっと手紙を出すからね。母ちゃんがつまらないばかりに、聡子に苦労をかけるね。しばらくの間、辛抱してちょうだいね」

聡子は、貯めた小遣いを全部節子に差し出した。節子が一銭も持っていないのを知っていたから。それは広島までの旅費と弁当が買えるほどの金額だった。

今までにも「すぐ返すから」と言って、節子は聡子が少しずつ貯めた金を使ってしまうことがたびたびあった。それでそのまま返せなかった。返さなければいけないと思っていても、朝晩の米にも思案する日が多かった。聡子は母が困っていれば、わずかでも進んで差し出した。が、返したことのない母に対して、意地悪を言うこともあった。

「返す返すと言っても、返してくれたことないじゃないの。それなら最初から返すと言わなきゃいいのに。初めの分から足したら、もう何千円にもなっているはずよ」

聡子はそんなことを言ったのを思い出して、（母ちゃん辛かったろうな）と思うと、後悔でいっぱいだった。

（神様、私があんなことを言ったのを忘れてください。もう言いませんから。母ちゃんが無事に、広島でいい働き場所を見つけて、早く会えますように。私が言ったことの為に、会えないことなどないようにお願いします。神様……）


次の朝、うすら寒い曇り空の中を、二人は手を繋いで駅へ向かった。

だが汽車は、岩国の向こうで事故を起こして、四十分余り遅れていた。

「聡子はこのお金でバスに乗りなさい。旅費くらい何とかできるから。母ちゃんのことは心配しないで、乗って行きなさい」

と言う節子の言葉を（どうやって工面するのだろう？）と考えながら聞いていた聡子は、汽車を待つことにした。何ともできないことが解っていたから。

「母ちゃん。学校まで来て、先生に言って」

聡子は今まで一度も遅刻したことがなかったので、みんなが勉強している所へひょっこり入っていくのが恥ずかしかった。それに、母が自分を送り届けてくれるという誇らしい機会を逃したくなかった。節子は、毎年の運動会や学芸会にさえも見に来ることができずに、聡子を寂しがらせていた。

節子は教室まで付いて行った。

ガラッと戸を開けると、みんなが一斉に振り返った。机の間を歩いて回っていた先生も、立ち止まって戸口の方を見た。急に自分が明るく照らし出されたようで、聡子はちょっと恥ずかしかったけれども、後ろの母を意識して、得意な気もして、いわくありげに自分の席に着いた。母が来ているという保護された優越感と、汽車の事故のことをみんなに話したい気持ちとで落ち着かなかった。

節子は先生に挨拶をして、二言、三言話すと、すぐに出て行ったのだったが、聡子はあまりはっきりとは覚えていなかった。事故のことをどう話そうかと考えたり、授業はどう進んだのかを思ってみたり、集中できずに過ごしてしまった。その残りの時間中そわそわして、勉強は何をしているのか解ろうとしたけれども、解らずに終わってしまった。

聡子は当分の間会えない母との別れを、ぼんやりとしか思い出せない自分が、残念で仕方なかった。

父、全てを失う

父の滋雄は元々広島市内で自分の劇場を持ち、劇団員も抱えて、劇作も演出も交渉も、何もかも自分でやっていた。しかし原爆で焼け出され、全てを失った。

焼けなかった山間地などの田舎では、昔ながらの習慣で芝居や浪曲、漫才等の実演を娯楽として楽しんでいた。滋雄はそこに活路を見出し、役者を集め、衣装や大道具・小道具を用意してトラックいっぱいに積み込み、地方の芝居小屋を巡業して回るようになった。

それぞれの地方にはこぢんまりとした芝居小屋があり、舞台と客席の距離も近く、花道まである所もあった。時には神社の境内や河原で、柱を立て、幕を張って、臨時の舞台が作られている所もあった。

明るいうちから、暇のある年寄りたちが座布団や弁当を持って、お気に入りの場所に陣取り、噂話に花を咲かせている。大小幾つものグループが、瀬戸内海の島々のようにに桟敷を点々と埋めている。その間を縫うように、小さな子供たちが駆け回る。鉢巻きを締めて長い棒を振り回し、チャンバラごっこに余念がない。

大分日も暮れて薄暗くなる頃には、仕事を終えた青年たちや、家事を切り上げた母親たちも加わる。客席も埋まって舞台の明かりが目立ってくる。賑わっていた話し声や雑音が次第に小さくなり、みんなの期待感が高まってくる。

――カッチ・カッチ・カチ・カチ・カチ――

通りの良い拍子木の音が鳴り響き、幕が開く。

「よう！　待ってました！」

三味線や太鼓の囃子と共に、あちこちから元気な掛け声が掛かる。

野を越え、山を越え、一日掛かりの田舎にも気軽に足を延ばし、滋雄の一座は芝居を待っていてくれる人々との再会を喜びとした。

呉、そして大竹へ

聡子が学校へ行くようになって、広島から遠く離れて奥地を巡業して回れなくなると、滋雄は節子を責めたものだ。

「聡子がおるばかりに、お前がいちがい（頑固）だから商売もできん」

などとすぐに持ち出した。

節子は初めから、聡子を学校に入れることと、転校させないことを主張した。

「学校だけはきちんとやっておかなければ、取り返しがつきません。困るのは聡子です。それに親が転々とする度に転校させていたのでは落ち着きません。勉強も身に付かず嫌いになってしまったのでは、元も子もありません。遠いところから通うのは可哀想なようですが、その方が聡子にとって幸せだと思います。お友達ができたと思ったら、新しい地へ転校したのでは、寂しいじゃありませんか。聡子も遠くても、転校しないで通う方を喜ぶと思います」

それで聡子は一年生の時から、遠くても汽車やバスで広島の学校へ通ってきた。

聡子を祖母の絹よの所へ預けるについては、節子はもっと強く反対した。

「いいえ。あそこへはやれません。私でさえあのお婆さんには、さんざん泣かされました。幸治さんまでが、随分辛く当たったものです。あなたはご存知ないでしょう。

あなたの留守中に、お二人がどんなことをおっしゃったかを……。

『どこの馬の骨かわからない人の世話にはなりません。子供まで連れて居坐り込むような、いけずうずうしい人を、この歳になるまで見たことがありませんよ。死に水を取ってもらおうなんぞと思っちゃいませんから、面倒を見てやったなぞと、言わないでもらいましょう』と言われたのですよ。幸治さんは幸治さんで、あら探しをしては、お婆さんと共同戦線を張られたのではたまりません。

『おばさん、このシャツは洗ってあるのですか。皺だらけのものは着て歩けませんから』と何事につけて、私に辛く当たりました。二人に監視されていても、聡子が一緒であればこそ我慢できたのです。あんな所に聡子一人を置いておくことはできません。どんなに気兼ねするかお解りでしょう」

滋雄は何も言わなかった。絹よの口やかましさも、聡子が小さくなっているのも、よく知っていたから。

幸い割と早く、呉の劇場で常打ちができるようになり落ち着いた。

聡子は呉から広島へバス通学した。呉本通り十三丁目から紙屋町まで、始発から終点まで、毎日一番奥の座席の特等席を占めた。朝あの早い時間にバスに乗る人は、だいたい同じ人たちだった。誰がどこから乗ってどこで降りるのか、どんな仕事をする人なのか、想像力を働かせて見ていると、時間の長さを忘れていた。

呉はかなり大きな街なのでお客も多く、さまざまな商売や特技を持った人たちが劇場に出入りした。特定の役者にご贔屓《ひいき》が付き、出し物にも注文を付け、舞台は華やかに賑わっていった。弟子入りしたいという者も現れ、口コミでちょっとした話題に上ることもあった。常設の劇団として名も知られ、どっしりと腰を据えていたが、何かふとしたことで居辛くなったのか、二年余りであっさりと呉を離れた。

そしてまた、広島近辺を巡業することになった。そこそこに田舎回りも上手くいってはいたが、年中移動して暮らすことの先行きが気掛かりになることもあった。

顔が利くのか、運が良いのか、しばらくすると、大竹に手頃な劇場が見つかって、落ち着くことができた。

滋雄は、昔から芝居そのものが好きだった。役づくりで議論し、褒めたり、雷を落としたり、客筋《きゃくすじ》に合わせてガラッと筋書きを変えたり、どうすれば受けるのか工夫した。諸々の交渉では、腕の見せ所とばかり奔走した。

舞台と客席の距離が近く、生身の人間の演技は新鮮で、客との駆け引きの意外性もあり、当初は毎日桟敷はいっぱいになった。固定客も付き、この分なら常打ちもできると見込んで腰を落ち着けた矢先、長らく遊んでいた駅前の劇場が滋雄のやり口を真似て、旅回りの劇団を請け負うことになった。その上に、踏切の先にある集会場のような所まで、改造して舞台のようなものを作り、そこにも実演を入れるようになった。その結果、三百人は入る劇場に、五十人を下回る日が多くなった。小さな町で三つも劇場が成り立っていくのは所詮無理だった。どれもが共倒れの体で衰退していった。

客足が落ちれば舞台に金は掛けられず、芝居の見映えも落ちる。そうすればなお客足は落ちるという悪循環にはまっていくばかりだった。劇場主は、やれ小屋代だ、やれ電気代だとやかましく言い立てるし、役者は役者で三度三度の飯を減らすことなく、小遣い銭まで要求する。あたかも千両役者のように。

落ち目になると哀れなもので、羽振りの良い時には、立派に見えていた舞台装置まで、見る影もなくなる。

劇場とは名ばかりで、花道も囃子茶屋も間に合わせの取り付けで、狭い舞台をよけいに狭く見せる。緞帳代わりの薄手の引幕に、戸口と長火鉢、二〜三種類の背景になるふすまと後幕、それに一本の立木で、全ての芝居の全ての場面をつくろうというのだから、無理には違いない。毎日同じような舞台で、大根役者が大見得《おおみえ》をきったところで、所詮見映えがするはずもなかった。その上、ぱらぱらと隙間だらけの桟敷を見て、役者も意気を挫《くじ》かれて、台詞《せりふ》のきっかけは外すし、立ち回りはお粗末、殺気のかけらも見られないとあっては、客が呼べないのも無理からぬことだろう。それに、役者のなかにはもらうものをもらうと、どろんを決め込む者もいる。義理も人情もアツーイ世界である。

「御当地出身、大大関『潮の海』の波乱万丈の一生を描く、題して『土俵の鬼』。早々《はやばや》のご来場を御願《おんねが》い奉《たてまつ》ります」

風が冷たさを増して、外套を着た急ぎ足の人が多く行き来する街中で、ビラを背負って太鼓を胸に抱え、口上を述べているのは、子分役者の勝さんだった。

幾年も前から滋雄の一座に入り、舞台には立っているが、全く上手くならないから、あまり台詞《せりふ》のある役はつかず、万年子分役であった。それもほとんど悪者の親分にくっ付いて歩くだけだった。親分の後から付いて出て、上手か時には下手にずらりと陣取って、親分のやり取りを眺めている。親分の啖呵が終われば、しんがりを務めて退場し、遂には親分の悪事の巻き添えをくって、やられてしまうという役割である。

『しゃらくせい。やっちまえ』

という親分の命令に

『合点だ』と応えて、早々と切られて死ぬのが彼の役であった。

勝さんは真面目な男だったから、飽きもせず子分役を続け、何かと裏方の手伝いもやった。小遣いをもらえなくても愚痴もこぼさず、黙って滋雄に付いてきた。滋雄も勝さんに目をかけて、気安く用を足してくれる彼を重宝に思っていた。

今日も勝さんは、何がしかのタバコ銭をもらって、街中に触れ回る役を引き受けたのだった。

「当時の最高位に昇りましたる『潮の海』が、如何なる運命をたどりましたやら。毎夜連続の浪曲劇。いよいよ今夕七時の開演でございます」

『潮の海』という大関がいたかどうか、いたとしても、当地の出身であるのか解らないけれど、苦肉の策というやつで、表木戸の横に祭壇を設け、四方に蝋燭を灯して、いかにも厳かに、潮の海の遺品と称する品々を並べた。『潮の海』と、擦れた墨の色が、薄汚れた渋の赤の中に見えている渋ごうりや、古い軍配等、誰やらから贈られたと、但し書きがある。太い巻紙の手紙とか、最上壇には日本刀まで飾って、由緒ある古典性を滲み出させていた。昼間はそんな祭壇を見る人も少なく、人目を引かないけれど、あたりが暗さを増し、静けさを感じさせるようになると、四方の蝋燭の光が威力を発揮する。昼間の薄汚れた反故の感じが、影と古さで威厳に変わる。ぽっと浮かび上がっている祭壇を、眺めて通る人が増えてくると、このことを発案したキャンデー屋の親父さんを喜ばせた。

「うまくいってますぜ」

この芝居好きの五十余りの親父さんは、滋雄の劇場の中で、出店をしていた。背の低い小太りの体をこまめに動かして、ペンキを塗ったり、小道具を修理したり、いつも劇場の中をいじり回していた。

「表の看板はこんな絵がいいでしょう」と言っては、聡子の図案帳の絵を真似たりした。商売は奥さんに任せて、自分は劇場に入り浸っていた。

滋雄が許せば、すぐにも鬘《かつら》をつけて、舞台に上がりたい様子だったが、「みっともない」という、奥さんのお叱りを恐れて、あれこれと芝居の世話をやくことに喜びを見出していた。

今度の『潮の海』の件も、彼が持ち込んだ案だった。

「当の潮の海を演じまするは、如何なる役もこなさぬものはない、相撲取りをやらせれば天下一品と名の高い、二枚目秋月辰之丈でございます」

秋月という役者は、目新しさを吹き込むために、滋雄が呉から連れてきたのである。器用で使える役者だし、代わり映えもするというので、引っ張ってきたのである。

面長で鼻筋が通り、声の調子もやや潰《つぶ》れてはいるが魅力がある。だが体が相撲取りにしては少々貧弱なのが気にかかる。優男の二枚目型であった。考えた末、相撲を取る場面ばかりをやるわけではないし、少年時代から相撲取りになるまでの過程を中心にやればいいのだから、差支えもあるまいということになった。

いよいよ蓋を開けると、キャンデー屋の親父さんの妙案は適中した。劇場は満員になった。キャンデーもよく売れた。

芝居は切狂言に二幕ものの続きとして登場した。主人公「又三」が相撲取りを志して、家人の止めるのも聞かず家を出たが、目指す親方から、見込みがないと追い出される。金は使い果たし食うものも食えず、望みも絶たれた又三が、あわや死のうとするところを、一人の女に助けられる。食べさせてもらった上、櫛《くし》や笄《こうがい》までもらって、立派な相撲取りになることを誓う……。

どこかで聞いたことのある筋書きである。

それでも劇場は、当分の間大入りだった。あの祭壇のお蔭であろう。「一本刀土俵入り」のように、主人公がやくざになってしまったのでは、潮の海という大関は宙に浮く。又三はどうしても相撲取りにならねばならなかった。

別の親方に弟子入りし、稽古に稽古を積んで大関まで昇進する。この間に、弟子間の妬みや友情・色恋沙汰を盛り込んで、又三は常に英雄として活躍する。

こうなると、あらゆる狂言のあらゆる二枚目のあらゆる要素を持ち合わせて、あらゆる困難を切り抜けてゆく相撲取り又三の、それこそ波乱万丈の生涯ということになる。

お客の足をできるだけ繋ぎ止めようとする、引き延ばし作戦は、客たちに、又三は大関になって相撲をとった当地出身の力士であった、ということを忘れさせてしまった。大関潮の海とこの芝居は無関係でもよくなってきた。祭壇の威力はなくなってきたのである。

桟敷はまた、孫を連れたお婆さんたちの、時間潰しの場になった。五十〜六十人の入りでは、小屋代を払えば役者に食わすにも事欠く。白粉《おしろい》代だの鬢付《びんつ》け代・三味線の糸の代金まで、細かく請求はくるし、休演したところで役者に食わすものは同じだけいる。

滋雄は思い通りにならぬ煩わしさに腹を立て、一層気短《きみじか》になった。

節子は興行という不安定な仕事を好まなかったが、仕方なく滋雄の手伝いをしていた。数十人の役者たちの食事の支度を済ますと、開演一時間前には木戸口に坐り、入場料を受け取る。芝居がはねる少し前に引き上げると、衣装の管理・整頓と、朝から夜まで休みなしの毎日であった。しかしいくらてんてこ舞いをしたところで、それらは陰の仕事であって、滋雄の目には何でもないことであった。一日中寝転がっては、上げ膳据え膳で、白粉《おしろい》を塗って二〜三時間舞台に立てば用の済む役者の方が、金になる存在と見えるのであった。

世情につれ景気が悪くなり、滋雄は一層頑固になっていった。こんなに全力を尽くしているのに解ってくれない。今自分は身動きのとれない所に置かれている。それにもかかわらず、節子はこんな商売は早く止めろ、引き払ってしまおうと言う。一旦やり始めた以上おいそれと止めるわけにはいかない。何十人もの口を抱えているのだから。ずるずると暗い毎日を繰り返していた。

母の働く食堂

節子が大竹を出て、一週間余りが過ぎた。

聡子宛に広島から手紙が来た。

「聡子、元気ですか。母さんは元気です。鳩屋という食堂にいます。十日市で電車を降りると、横川の方に向かって十二～十三軒行くと、右側に紺色ののれんを出した店があります。学校の帰りに寄ってください。待っています。　母より」

あまり書き慣れた感じではないが、大きくて読み易い、鉛筆の字であった。

（聡子のちびっこ鉛筆で書いたのだな）、と聡子は思った。

節子の着替えや身の回りの品を、一つ一つ確かめながら風呂敷に包むと、それを枕元に置き、手紙を上に挟んで、わくわくしながら寝床に入った。

（明日は母ちゃんに会える）

翌日はよく晴れて空気の澄んだ気持ちの良い日だった。汽車を降りる時には、風呂敷包みを腕に抱いていながら、風呂敷包みは忘れていないだろうかと確かめていた。

教室の掃除ももどかしく、走るように学校を出て、電車ののろさに腹を立てて、やっと十日市に着いた。毎日電車で通る道ではあったが、降りてみれば、新しい所へ来たようだった。三時過ぎであろう。太陽は眩しかった。急いだせいか汗ばんで、停車場に立ち止まると、じりじりしてきた。

小枝を払った街路の柳が小ざっぱりとして、切り口の白い丸さが涼しげだった。

こっちの方へ行くのだな、と確かめるように見やった時、顔の前に片手で影を作って、自分の方を見つめている人が、聡子の焦点を占領した。と、その人は、庇にしていた手を振った。母であった。

白い割烹着を付けていたので、眼をとめた瞬間は、躊躇した。だが、髪を少し斜めに分けて後ろで束ねている姿は母のものであった。もともと窪んだ眼を、手庇をつくって影にしながら、微笑んでいるのは母であった。

「元気だった？　不自由をしているだろうね。家の方は大丈夫？　苦労をかけるね。母さんは、割にいい所で働いているのよ。奥さんもいい人だし、旦那さんもおとなしい人で何も言わないし。聡子より一つ下の男の子と、そのすぐ下に妹がいるけど、みんな親切だから心配はいらないのよ。食堂に出すご飯を炊いたり、洗いものをしたりするのが母さんの仕事。もう少し慣れれば楽になると思うけど。心配することはないのよ。ただ、一日中火の側にいるでしょ。ちょっと暑いだけでね。すぐ慣れるよ」

節子は動きづめだった。忙しいことさえ忘れて、目の前の仕事に懸命だった。

焼飯やチキンライスのご飯は、普通のものより硬めに炊かねばならぬ。それに焦げをつくることは許されない。水加減と火加減を会得してしまうまで、神経を使った。体の疲れは感じる暇がないほど、張りつめた気持ちだった。油の煙の中、火に囲まれて、狭苦しい食堂の調理場で、一日中立ちっぱなしの仕事は、体力と気力を消耗した。しかし誰かの為にやらねばならぬと思う心が、辛さを感ずる心に勝っていた。陰鬱な空気から解放されて、頑張らねばならぬという気持ち以外に、入り込む余地のない、張りつめた毎日だった。

艶々した大づくりな顔をほころばせて、ふっくらとした丸い手を忙しく動かしながら女主人が聡子に言った。

「小さいのに汽車通学ってのは大変だね。一時間も乗っていなくちゃならないそうだけど、疲れるでしょ？　帰りにゃ寄って、中華そばでも食べていくといいよ」

でぷっと太って重そうな体を、器用に動かしながら、中華そばを聡子の前に差し出した。この店は彼女が経営していた。

聡子は母とあまり長い間話していることはできなかったが、汽車を待つ時間がたっぷりある時や、学校が早く終わる日には寄った。

顔を見るなり、「すぐ帰る。ちょっと寄ってみたの」

と言葉を掛けるだけで、そのまま帰る日もあった。大急ぎで寄って母の顔を見た。

それでもその日は安心できた。時間がある時は、大抵女主人が手ずから、中華そばをごちそうしてくれた。不規則になりがちな、節子の昼食がまだ済んでいない時に来合わせると、二人で分け合って食べた。

(家じゃいいものも食べられないだろうに。可哀想に)

と節子は、おいしそうに食べている聡子が、不憫に思われてならなかった。

節子は給料の大部分を聡子に持たせ、家の家計の足しにするように、好きなものを買って食べるように言った。そうすることで、節子の気持ちは、少しは楽になったような気がした。

(聡子は可哀想だけど、こうするより仕方がなかった。出てきたのも、少しは助けになっているのだから、この方がよかったはずだ)

と、節子は自らを慰めていた。

「聡子ちゃん、お母さんと一緒に泊まっていってもいいのよ。お父さんにそう言っておいて、この次には泊まっていきなさい」

と、女主人は元気な声で言った。

聡子には思いもよらぬ言葉だった。

次の次の日、学校を終えるとすぐ寄った。時間はたっぷりあった。店の男の子と妹とも仲良くなった。奥の座敷でトランプをしたり、近くの公園まで出かけてブランコに乗ったりした。すぐ打ち解けて、それぞれの学校の自慢話もし合った。

店が片付く夜の十時過ぎまで待って、聡子はやっと、自由になった母と話ができた。みんなが済んでから、一緒に風呂に入った。久しぶりだった。湯は大分濁っていたけれど、背中をこすり合って、ゆっくり流した。

節子は聡子が少し痩せたのではないかと気遣いながらも、背中を流してやれる喜びで、丁寧にこすった。

（やはり一緒に暮らさなければ、聡子が可哀想だ）

そう考えていた。

聡子はなかなか眠れないような気がしていた。新しい場所の新しい寝床で、久しぶりに母と一緒に眠ることができるだろうか、と考えていたが、間もなく軽い寝息さえたてて、ぐっすり眠っていた。

母屋の明かりが漏れてくる離れの六畳で、先に眠り込んでいる、店の女の子の深い寝息を聞きながら、節子は、側で寝ている聡子の、日日のことを考えていた。

（くたびれるだろうに。勉強の外に、家事までする歳じゃないのに。早く何とかしなければならない。このままで、聡子が病気にでもなったら大変だ。どうしたらいいだろうか）

節子は、仕事にも周りの人にも慣れて、気分的に落ち着くと、聡子に洗濯物を持ってこさせるようになった。

「風呂の残り湯で洗えばよく落ちるし、聡子も楽でしょう。お父さんの物も持っておいで」

と言って、洗いあがった物を持たせて帰した。聡子の仕事が少しでも楽になっているのだと思うと、寝不足や疲労は吹き飛んだ。

聡子の顔を見ていると安心できた。四、五日も寄らないと、病気でもしたのではないかと気にかかった。しかし、顔を見るなりほっとして疲れを忘れた。

（そうだ。今日は焼豚を少し分けてもらおう。あれなら持って帰れるから）

そして大きな塊を新聞紙に包んで、聡子に持たせた。

「薄く切ってソースをかけて食べるのよ」

劇団解散、祖母の家へ

節子が居なくなってから、大竹の劇場では、役者に手伝わせていた煮炊きや衣装の管理は、無責任なやり放題。何もかもずぼらになって、滋雄が少々怒鳴っても、のれんに腕押し。さすがの滋雄も精根尽き果て、愛想を尽かし、劇団を解散してしまおうと決めた。

そうと決めたものの、祭壇まで祭った以上、一応芝居の決着をみないとまずいので、急に劇中の又三は御前試合に臨むことになった。見込みがないと放り出した最初の親方の部屋の大関と大接戦の末、勝利をおさめて、めでたしめでたしで、祭壇は片付いた。

役者たちには何がしかの金を工面して渡し、一座は解散。滋雄と聡子は一先ず広島へ帰ってきた。

滋雄の先妻の息子幸治が、祖母の絹よと住んでいる三篠《みささ》の家は、二人が加わるとますます狭苦しくなった。

絹よは奥の三畳に寝ていた。足が悪く、便所に近い所がよかった。半畳ばかりの入り口の土間と、七畳半の部屋。それが全てである。窓は三畳の方にL字型のものがあるだけであったから、明かり取りのため、二つの部屋の間には、ふすまは立てていなかった。七十七という歳と、転んだ足の後遺症のせいで、出歩くこともできず、絹よは一日中、床の中から家の中を見渡していた。

同様な二部屋に、幾家族かが住んでいて、中ほどに、みんなが共同で使う炊事場があり、建物全体が大きな屋根の下にあった。古い寮のような所である。太陽の明るさに慣れた目には、通路に入ると一瞬真っ暗だった。右に曲がって、裸電球の前の入り口は、重い板戸であった。

「ただいま」

「おかえり。さとごさん、きれいな茶碗がありませんでしたよ。お皿では食べ難いし、食べないわけにもいかないし。お向かいの奥さんが洗ってくれたのですよ。あの人はよく気の利く人ですよ。そうそう、幸治が帰ってきても、食べるご飯がありますかね」

絹よは聡子を、『さとごさん』と呼ぶ。聡子は濁っているこの呼び方が嫌いであった。子とつく人を、誰でも（ご）と言うのかと思ってみたが、そうでもなさそうだった。今は居ないけど、幸治義兄さんのお嫁さんは、真知子《まちこ》と呼ぶのだから。

「すぐ炊きます」

「あればいいんですよ」

ないことは解っていた。

（お祖母《ばあ》さんにも解っているはずだ。自分でお昼ご飯を食べたのだから。どれくらい残っているか、思い出せそうなものだ）

絹よは幸治以外の誰にも、「何をしてくれ」とは頼まない。どこの誰がどんな人で立派なものだとか、よく気が付くとか、こうこうしてなかったから、自分がどんな不自由な思いをしたとか、昔はどうこうすると人がこういうふうに言ったものだとか、自分は一向にかまわないけれどもということを匂わせながら、いかにもこうしなければいけない、と人に強いている。自分は何もそうしてもらわなくてもいいのだが、と言いながら、そうせざるを得なくさせる。皮肉なやり方であった。

聡子は洗い物と米を持って流し場に行く。濁った白い米の研ぎ汁を見ていると、大竹にいた頃のことを思い出した。

ここの共同炊事場と同じように、粗《あら》いセメント造りの大きな流しに、四つの蛇口があり、洗濯もするのだが、窓が大きかったので、外が近いように感じた。

夕方のもやの立ち込めたようなぼんやりした空気を伝わって、汽車のシュッシュッシュッという音が、すぐ側のように聞こえていた。白い煙が向こうの窓の赤い残照を隠していく。そしてすっかり煙が透明になる頃には、空はもう濃い青ばかりになっている。家々の屋根の輪郭を界にして、上の空はなお青く、下の家はますます黒くなりながら、あたりはどっしりと重くなる。点々と明かりが数を増して、米を研ぎ終わって振り返ると、もうすっかり夜の景色になっていた。

(母ちゃんは今、湯気や煙の立ち込めた中で、お皿を洗っているかしら)

と、あの時も考えていたな。

ここからは夕暮れの景色は見えないけれど、あたりが鍋釜の音と共に、ざわめいてくると、やはり夕暮れを感じる。

(母ちゃんは、白いタイル張りの流しで、今もお米を研いでいるかしら)

茶碗をぶつけて端を欠かさぬように、おひつに糊気を残さぬように、注意して洗った。お菜は何にするのか、訊くために部屋に戻った時、洗った物は、七畳半の部屋の入り口の戸棚に並べておいた。そこが茶の間の役目だった。

炊事場は近所のおばさんたちで賑やかだった。

「さっちゃん。感心よ。小さいのによくやるわ。何か足らない物があったら、うちへおいで。今日はおかず何にするの?　おいしいお漬物があるから、少しあげる。取りにおいで」

そう言って、いつも面倒を見てくれるのは、お向かいのおばさんだった。くどの火を分けてくれたり、薪を貸してくれたり、おかずをくれたりする。小さい子供が三人いるから忙しそうだが、明るい人だ。聡子は三歳の女の子のお守をした。裏の田圃へ出かけたり、家で積み木をしたりして遊んだ。聡子も楽しかったし、おばさんも助かると言って、喜んでくれた。

「さとごさん、あなたはおひつを丁寧に洗うから、ご飯が腐らないんですよ。真知子さんはいくら言っても、隅の方に二粒や三粒のご飯粒を残しておくものだから、すぐに臭くなってしまったんですよ。感心なことに、何べん言っても直りませんでしたね」

わざわざおひつを調べるために、入り口の棚まで出てきたのだろうか。そう思うと聡子は腹が立った。人がいない間に、こっそり調べてみるなんて、嫌なことだと思った。

真知子は一年前に幸治と恋愛結婚したが、滋雄の仕事上、絹よは孫の幸治と暮らしていたから、そのまま一緒に暮さねばならなかった。滋雄の仕事の関係もあったが、元々幸治はお祖母ちゃん子で、お祖母さんは特に、幸治を離したがらなかった。今では幸治は別々に住みたいと思っているけれど、今更離れることもできず、真知子は祖母の面倒を見なければならなかった。

初めのうちは、真知子も辛抱して祖母に従っていた。年寄りは愚痴が絶えないものだと聞かされていたから、覚悟していた。

しかし、唯一明かりの入る窓を背にして、部屋中を監視している祖母の黒い影が、真知子を脅かした。どこが悪い、ここがおかしいとはっきり言ってくれるならまだしも、痛烈な皮肉で人をいたたまれなくする。

祖母の世界である部屋の中に入ることが、苦痛になった。

耐えられなくなって、二言三言口答えをすると、絹よはそれを十倍にも誇張して、幸治に泣きつく。

「そんなつもりはないのだから」

と幸治が事を収めようとすると、かえって荒立てて、

「お前は二十数年育ててもろうたわしよりも、こんなかばちをたれるおなごの方が大事なのか」

と責め立てる始末。

仕方なく、嫌がる真知子に目配せして、
「すみませんでした。悪うございました」
と形ばかりの謝罪をさせて、どうにかその場は収めたが、こんな状態で長続きするはずもない。幸治が祖母を敬遠するようになると、真知子はますます居辛くなっていく。

再三再四、その度に、収まり難くなっていくのだが、いがみ合いが重なると、顔さえ見れば憎しみが先だって、可愛い幸治の嫁という結びつきが、祖母にたてつく生意気なおなごでしかなくなる。

（幸治がわしに口答えをするようになったのも、あのおなごが来てからだ。みんなあのおなごのせいだ。あれは幸治を堕落させる疫病神だ）

と絹よは思った。

（わしにはそのことが初めから解っていたからこそ、あのおなごを嫁にするのは反対じゃった）

そう思うと、絹よは自分の考えが正当付けられた気がして安堵した。

「出て行ってもらいましょう」

絹よはとうとう言ってしまった。

真知子は幸治のことを考えて、決心がつきかねていたが、ある日黙って実家へ帰ってしまった。勿論、幸治は迎えに行った。けれども、真知子は帰ってこなかった。

それで事実上、縁切れのような格好になった。

絹よは幸治の不機嫌が少々気になったが、すぐに直るだろうと考えて、清々《せいせい》した気分になった。

しかし、だんだん不自由になってくる体を横たえて、薄暗い天井を見ていると、幾ばくかの寂しさを感じた。

(幸治はまだこだわっているようだが、わしが間違っていたのだろうか)

と、考えることもあった。だがそれは、口にするべきことではないと思い直した。

幸治はゴム工場に勤めていた。絹よがしつこくたしなめても、大抵は遅くなるまで帰ってこなかった。色の白い丸顔に、かなり強い近視の眼鏡をかけていた。汗で曇るたびに眼鏡を左手にとると、タオルで顔を拭って丁寧に眼鏡をこする。近視らしく目をすぼめて覗いてみてから、安心して眼鏡をかける。鼻をピクリと動かして、眼鏡をずり上げるのが癖だった。眼鏡を外している時は、顔がどこか恥ずかしそうに笑っているように見えた。広い額をタオルで丸く拭きながら、真知子を待っている姿が子供っぽく見えた。黙って仕事に出かけていく姿が、少し寂しそうにも見えた。

真知子が里に帰ってしまってから、幸治は焼酎を飲むようになった。毎日飲んだ。寝る時刻に帰ってきて、ごろりと床に入るとそのまま眠ってしまった。朝も口を利かずに出て行った。

「幸ちゃん、毎晩遅いじゃないの。何をしているの？」

絹よは本当に気遣っていた。

「別に」

幸治はそのまま仰向けに寝転がって、何も言わない。

「そんなに毎晩飲んでは体に毒ですよ……」

絹よは、いつもの場所で、まだ何かぶつぶつ言っていたが、はっきりとは聞き取れなかった。

聡子は食器棚の前に坐っていた。

三人共、何も言わない。黙ったままでいる。根深い敵意が潜んでいるように、自分がおまえを憎んでいるということを、相手に思い知らせるためかのように、重い沈黙が居坐っている。

「さとごさん。ご飯の支度をしてやってください」

「いらんよ」

「体に悪いから、茶漬けでいいよ。一杯だけおあがり。さとごさん、おいしい漬物でもありませんでしたかね」

「いらんよ。食べてきたから」

寝転んだまま、面倒くさそうに言い捨てて、幸治は大きな溜息をつく。またもや、重苦しい沈黙が戻ってきた。真ん中に吊るされた一個の電球の赤い暗さが、三人を閉じ込めてしまった。

聡子は飯台の端に坐って本に目を通しているけれど、いくら読み返してみても、一字一字意味を取りながら慎重に読もうと努めているのだけれど、書いてあることが掴めなかった。目は文字を追っている。だが心は後ろの祖母を見つめ、横で寝転んでいる義兄を窺っているのであった。夜が更けると共に凝り固まっていく重い空気が、いつ壊れるとも知れなかった。

「おかえりなさい」

聡子は、大きな声で父を迎えた。

「聡子、もう遅いよ。早く蒲団を敷いて寝なさい」

滋雄はすぐに着替え始めた。

滋雄はやっぱり芝居が忘れられなくて、役者集めや劇場の物色に出歩いていた。近頃では、役者たちも堅気になった者も多く散り散りになっていた。保険の勧誘をして歩く者や、倉庫番、雑貨や本を売り歩く者もいた。昔のように、芝居は流行らなくなった。不安定な役者稼業に留まってはいられなくなった。

劇場主は、多くの口を抱えて、寝泊りだの大道具だの、面倒な実演を受けるよりも、映画を映している方が楽だから、大抵映画館にしてしまう。

『芝居』はなかなか請け負ってくれない。娯楽施設の少ない田舎を、祝祭日に興行して回るならまだしも、小さな街で毎日演劇をやっていくことは難しくなってきていた。落ちぶれていく時ほど、成功の喜びを忘れられないものだ。滋雄は今でも（聡子の学校さえなければ……）と、時には思うが、口に出しては言わなくなっていた。だが、（もう一回、何とか花を咲かせたい）とは考え続けていた。

電気を消して真っ暗になると、しばらくは人の気配が動いているが、やがてシーンという田圃の闇に吸い込まれていった。

聡子は眠らずにいた。もう郊外電車のゴトンゴトン・ゴトンゴトンというレールの音も聞こえなかったし、虫の声も止んでいた。時々永く吠える犬の声が、誰かを呼んでいるようであった。時折、急ぎ足に靴を軋ませながら、表の舗装道路を歩いて行く音が、はっきりと聞こえてくる。

（今夜は母ちゃんが来るかしら）と、聡子は考えていた。

ここに引き上げてきてから、節子はたまに会いにきた。店が片付いてから、夜中、二キロの道を、半ば駆けるように、冷えてしまったチキンライスを抱えて、聡子のもとへやって来た。犬に吠えられながら、寝静まった電車道を歩き、ぽつりと灯った街灯に映し出される自分の巨大な影に驚きながら、人家の少ないアスファルト道を駆け、一歩一歩の下駄の響きに遠さを忘れて、聡子の顔を見にやってくるのだった。

今も聡子は想像していた。

今頃はお店の路地を出ている頃かしら。お墓の沢山ある所は怖くないかしら。何も出てこないだろうか。

(出てきませんように)

丸い鉄の橋を渡ってしばらくは、明るい街灯が点いているから安心だけど、踏切を過ぎると、暗いから心配だな。洋裁店を通って陶器の店を過ぎて、タイヤを山ほど積んである倉庫を過ぎると、左側に畑が続いている。それからガソリンスタンドが見えるようになると、もう近いのだけれど。自動車会社の前まで来れば、足音が聞こえるかもしれない、と思うと、しばらく耳を澄ましてみた。が、自動車が行ってしまう音だけだった。

頭の中で歩いてくるのは、大分速過ぎたに違いない。母ちゃんは本当に歩いてくるのだから、まだまだこれないのが当たり前だわ。それじゃ今頃は、橋のあたりかしら。

今度はもっとゆっくり歩かなきゃ。母ちゃんが可哀想だから、なるべく遅く歩きましょう。橋を過ぎたら、戸を閉めた店が並んでいる。門灯が点いているから、店の名前も読めるけれど、人通りはない。母ちゃんの足音が響いているだけだ。みんな眠っている。

踏切まで来ると、街灯もまばらになる。洋裁店も陶器の店も通って、倉庫のあたりまで来たかしら。いや、少し速過ぎた。もう少しゆっくり歩きましょう。洋裁店は屋根の低い木造で、赤い花のついたカーテンがかかっていたが、今もあれかしら。陶器の店の前には大きな狸が、とっくりをさげて立っていたな。聡子より大分大きかった。母ちゃんの背くらいあったもん。母ちゃんは今、あの狸を見て歩いている。

聡子は母の一歩一歩を思い浮かべ、それに合わせて夜の道を進んで行った。

倉庫も畑もガソリンスタンドを過ぎても、母の足音は聞こえてこなかった。

母ちゃんは疲れているのだから、もっともっとゆっくりでないと、歩けないに違いない。それでも出発してからは大分経つから、もう踏切は過ぎているに違いない。だから半分位は来たわけだわ。踏切から赤い花のカーテンの前を通って、狸も過ぎて……今度は聞こえてきそうな気がする。

（神様。母ちゃんでありますように！）

しかしその足音も通り過ぎて行ってしまった。やっぱり頭の中で歩くのは速過ぎるのだろうと思い直して、今度はちびたタイヤばかり積み上げてある倉庫あたりから、母を歩かせた。聡子は初めに、母が食堂の店の路地を出たと想像した時に、母は出発したものと決めてしまっていた。もっと後から出かけたかもしれないし、まだ出かけていないのかもしれない。それに今夜は来られないのかもしれなかった。が、聡子はそんなことは考えなかった。

店を出たと思ったあの時から、頭の中の母は、ずっと歩き続けているのだった。

想像の母が、まだ畑の側の道を通っているのに、聞き覚えのある足音が……忙しげな下駄の音が……だんだん大きくなってきた。カラッカラッ・カラッカラッとよく響いていた音が、急に鈍った。アスファルト道から、通路の土に入ったから。コトリコトリが大分確かに聞こえるようになる。右に曲がると、その音は止まる。

「ガラッガラッ」

裸電球の赤い光が入り込む。だんだん広く……そこに母の影絵が立っていた。

聡子は学校では、沢山の友達と一緒で、勉強も運動も楽しかった。近くでお祭りがあれば、みんなで出かけ、友達の家にもたびたび遊びに行ったりした。だが自分の家は、途方もなく遠くであったり、決まっていなかったりするから、友達を連れて来たことがなかった。それを物足りなく思っていた。今は少々遠くても市内だから、呼ぼうと思えば呼べないことはない、と思い至ると、早速仲良しの加代子ちゃんを誘ってみた。

「加代ちゃん、家へおいでよ。バスで行くんだけど、そんなに遠くじゃないわ」

「いいわ。土曜日にしよう」

家の表まで来たが、暗くて湿っぽい家の中にじっと坐っている祖母の姿を思い出して、家の中には入るまいと思った。

「ちょっと待っててね。すぐ来るから」

荷物を置いて出てくると、近くのお菓子屋に入った。二十五円のアイスクリームを二つ買って、一つを加代子に持たせると、裏道へ出て、郊外電車の通っている土手を越えて、畑の畦道に坐った。

　聡子は母にこのアイスクリームを買ってもらって以来、病みつきになった。五円のキャンデーを五本食べるところを、このクリーム一個にした。

　ゆうゆうと冷たそうな煙の昇る箱の中から、可愛らしい杓子を取り出し、缶の蓋をとると、ヴェールを被ったお月様のような、淡い黄色の半球形が、ほっくりと坐っている。聡子はこの瞬間の、少しざらついた表面のブツブツが好きであった。

　畑の畦道に坐って、蓋を取った時には、もう表面のブツブツは溶けて、滑らかな丸みになっていた。端から削り取って、舌に置く。廻しながら、円周をぐるりと、賞味する。最後に残した真ん中の円柱を、一気に口に入れる。冷たさが口中に広がって、やがて上等の甘味を取り戻す。それで、聡子の楽しみは終わりだった。

「そこに、てっぺんにイチゴの小っちゃいのが付いている草があるでしょ。あれはへびイチゴよ。食べられないのよ」

「沢山あるわね。へびは食べるんでしょ。へびは食べても死なないのかしら」

「死なないと思うわ。へびは人間と違っていて、食べてもいいようにできているのだと思うわ。きっと」

日差しも暑かったが、帽子も被らずに、二人は土手を歩き回った。名前は解らないけど、可愛らしい花が沢山あった。

聡子は草花の知識を総動員した。すずめの鉄砲という、しっぽのような穂を出す草の茎で、美しい音を出す笛ができることや、麦の穂を噛んでいると、チューインガムになることや、ソラマメの葉は、上手に吸って剥がせば、袋ができることも説明した。雄ひしば雌ひしばで、草相撲を取って、大抵聡子が勝った。どうすれば勝てるのかを加代子に教えてしまうと、もう勝負は止めてしまった。種明かしをした手品師のように。

加代子は田舎に来たことがなかったから、珍しがって色々な草花を摘んでは、左手の束の中へ加えていった。早くに摘んだものは、もう萎れていた。新しい花を見つけて右手を伸ばした時、「キャッ！」と叫んで走り出した。十メートルも走ってから振り返って、驚いている聡子に言った。

「へびよ。あんたの左の、ちょっと前の方にいるでしょ。窪んだところに。いない?」

聡子は目を凝らした。

(動きませんように。こっちの道の方へ来ませんように)

細長い黒いものが、体を半分持ち上げて、灰色の腹を波打たせている。ちょろりちょろりと赤い舌が見える。頭が尖っていたようだ。三角形に見えたような気がした。と同時に聡子は駆けだした。加代子も駆けだした。聡子はへびの側を駆け抜ける時、自分めがけて飛びかかってきたと思った。少なくとも立てていた腹が、倒れ掛かるところまでは見たのだから。体をくねらせシュルシュルとすぐ後を追ってくるような気がした。後ろを向いた途端に噛みつかれるのじゃないかと思うと、わき目も振らず、表通りまで走り通した。

「びっくりしたわ。あんな黒いへび、初めて見たわ」

加代子も息を切らせている。

「私が通った時、さっと私の方へ、飛びかかってきたのよ。あれはきっと毒へびよ。頭が三角だったから。噛まれたらどうしようかと思ったわ」

そのあと、前の自動車会社の広場で鞠つきをしてから、加代子をバスの乗り場まで送って行った。

「乗ったら紙屋町で降りればいいのだから、解るでしょ。一人で帰れるでしょ」

「ええ。解るわ。今日は面白かった。あのへび、傑作ね」

「本当に怖かったわ。私、へびが一番嫌い」

「私も大嫌いよ」

「また遊びにおいでね。今度は山まで登ろうよ。面白い所がいっぱいあるのよ」

「ほんと。また来るわ」

加代子は広島市内行きのバスに乗って帰って行った。後を見送りながら、聡子は思った。

(家の中でも、少しくらいは遊べたらよかったのに……)

「さとごさん、どこへ行っていたのです。今頃まで。出かけちゃ悪いと言っているのではありませんよ。出かける時は、そう言ってから行くのです。人一人預かるということは、大きな責任を持つことなんです。怪我でもされたら、お母さんにどう申し開きをするのです。困るのは留守を預かっている方なんですからね」

入り口を入るなり、絹よに畳み掛けられて聡子は答えられないでいた。

「滋雄さんもいい気なものですよ。自分だけ毎日出歩いて。家で子供がどうしていようとおかまいなしなんだから。節子さんも節子さんですよ。自分の子を人の手に残して、一人で働きに出るということがありますか。一言、『お願いします』とも言いにこずに、ほったらかしにしておかれたんじゃ、預かる方でいい迷惑ですよ」

絹よがこんな風に言うのを耳にすることがよくあった。

後ろの窓の外へ洗濯物を干しに通る近所の誰彼をつかまえては、

「あの歳で息子の家に住むようじゃ、出世はできぬはずだ。滋雄は甲斐性なしだ。元はあんな男じゃなかった。節子が来てから変わってしまった。男は嫁の選びようとはよく言ったものだ。聡子も親に似て変わり者だ。黙り屋の愛想なしで、可愛げがない。真知子は真知子で、おしゃればかりして、口の減らぬおなごだった。昔は、ああいう風じゃ、嫁の口はなかった。幸治のお人よしは、いいあんばいに騙されて尻の下に敷かれていた。幸治は若いのによく働くし、何一つ道楽もない。いい嫁を見つけてやらにゃならん」

というようなことを、説いて聞かせるのが仕事だった。

絹よは、滋雄の先妻の母である。原爆で料理屋の店を焼かれ、自慢の娘も奪われて、血のつながりのあるのは、孫の幸治だけだった。幸治が可愛いのは当然である。

毎晩、聡子は滋雄の帰るのが待ち遠しかった。滋雄がいれば大木の陰にいるようで、安心感があった。

「滋雄さん、いつまでこうして、ここにいなさるつもりです？　二人でも狭いと思っている所へ、衣装だの鬘《かつら》だのと、大きな荷物を持ち込んだ上、四人住まいじゃ、息が詰まりそうですよ。少しは幸治のことも考えてやってください」

「もうすぐ出るから、そう、やいやい言わんといてください」

「滋雄さんのすぐというのは、当てになりませんからね。待っていた日にゃ、えらい目にあいますよ。ねえ、幸ちゃん」

幸治は迷った末、思い切った風に口を開いた。

「お父さん。今度は、お祖母さんを見てくれるんでしょうね。真知子のこともあるし。僕たち、アパートかどこかで二人で住みたいと思っているんです」

「よく解っている。だがね、幸治。お祖母さんはお前だけが血のつながりを持っている。わしは、また興行をやるつもりだから、もうすぐここを出るよ。もうしばらく我慢してくれ」

「…………」

「幸治。何ということを言うんです。誰のお蔭で、そんな口が利けるようになったと思うんです。おまえがチブスになった時も、肋膜炎で長く患った時も、親身になって看病したのは誰だったんです。滋雄さんはあんな商売が好きで、金は出したかもしれないが、家にはいないし、私がどれほどの苦労をしたか、考えてみたことがあるのかい。幸江もさぞ悲しんでいることだろうよ。たった一人の肉親と離れて暮らしたいとは、よく言えたものだ。わしは、滋雄さんらと暮らすのなど真っ平ですよ。幸江の墓を離れることはできませんしね」

絹よは、自分が誰からも、邪魔者にされているのを感じた。幸治だけはと信じていたのに。あれほど苦労をして育てあげても大きくなれば離れたがる。自分一人で大きくなったかのように。私だってもっと若ければ、誰に面倒を見てもらうものか。ああ……幸江が生きていれば……。年老いた自分の境涯を見つめて、泣くにも泣けぬ、寂しさを感じた。しかし、気丈なたちで、人に涙を見せることなど、真っ平御免であった。

幸治は黙っていた。

（親父も親父だ。商売がどうの、血のつながりがどうのと言って、いつまでもお祖母さんの世話をさせておくのは、僕のことを考えてくれないからだ。真知子だって、お祖母さんのために出て行ったのだし、長年一緒にいる僕だって、いいかげん嫌になったのに。だが親父は、今度も出て行ってしまうだろう。そうすりゃ、どうしても俺が見なけりゃならんということだ。真知子は、お祖母さんが居る家には帰ってこないだろう。親父もおばさんも寄りつかぬ。俺にも見捨てられるとすりゃ、お祖母さんも不憫なものだ。俺は別にお祖母さんが死ぬのを望んでいるわけじゃないが、結果的にはそれを待っていることになる。親父もおばさんも、お祖母さんが死んだところで、悲しむことはなかろうし。俺もそれほど悲しい気持ちにはならないような気がする。だとすりゃ、死んでも誰にも悲しんでもらえないわけだ。生きていては邪魔者扱いされ、死んでも悲しまれない。同じことだが、やっぱりああはなりたくない。もう少しの辛抱だ。我慢するか)

幸治は諦めた格好で、黙りこくってしまった。

聡子は祖母の涙を見たような気がした。父ちゃんも義兄さんも、どうしてあんなにずけずけと、お祖母ちゃんのことをなすり合っているのだろう。可哀想に。あんなに歳取っているのに、お祖母ちゃんは世話してくれる人がいない。みんなが姥捨山に捨てようとしているようだ。

お祖母ちゃんは必死になって、幸治義兄さんにしがみついているのに、義兄さんは酷いことを言う。お祖母ちゃんも口では元気そうなことを言っているが、本当は必死なんだ。泣き出しそうな顔をしたお祖母ちゃんを初めて見た。私は、お祖母ちゃんは幸治義兄さんが好きではないけど、お祖母ちゃんもちょっと可哀想なんだな。お祖母ちゃんは幸治義兄さんが好きなのだから、今までのように、幸治義兄さんと一緒に住むのが一番いいのだと思うわ。

「聡子、蒲団を敷きなさい」

話のけりはついたといった風に、滋雄は寝支度を始めた。

みんなが電気を消して床に入った時、聡子は金魚の水を換えてやっていないのを思い出した。夏みかんほどの大きさのビンに、赤い金魚を入れて窓際の柱に吊るしていた。

友達と祭りですくったものだった。尾はそんなに大きくはないが、三つに分かれている。フイフイと振って、狭い水槽の中を泳いでいる。黄色味を帯びた朱色で元気がよかった。鉢が小さいから、たびたび水を換えてやらなければいけないと言われていた。が、昨日も換えていなかった。

滋雄は以前、窓の端の柱に吊るされた小さな金魚鉢を見て、「窓の開けたてに、ひっかからなければいいが。どうも危なっかしい所だ」と言ったが、他に置く所もなかったのでそのままそこに吊るしてあった。

水が大分白く濁っているのを思い出したから、死んじゃ大変だと思うと、聡子はすぐに起き出した。明かりは点けずに手探りで、そっと鉢を持って炊事場に出ようとした。

「さとごさんですね。何しているのです。明かりを点けたらどうです」

「金魚の水を換えてやるのを忘れていたので……」

「聡子。そんなものは捨ててしまいなさい。金魚はちゃんとした広い所で飼わねば、よう生きん。そんな小さな入れ物では死ぬに決まっている。生き物というものは、死んだら可哀想だから飼うものじゃない。おっちょこちょいを起こしちゃいけん。当たってめげたりすりゃ、どうもならん。捨ててしまいなさい」

滋雄の厳しい声が、闇の中を伝わってきた。聡子は戸口を出て、十燭《しょく》の電球が灯っている共同の炊事場へ行って泣いた。

捨てろなどと言っても、池があるわけではないし、元気に泳いでいるものをどこへやることができるだろう。死んでしまうじゃないの。お父ちゃんはどうしてあんな酷いことを言うのだろう。聡子は父を恨んだ。

こんな夜中では、誰に頼むこともできない。途方に暮れていると、ふと窓辺の流しの窪みに目が留まった。水がいっぱい溜まっている。そこは炊事場の真ん中の、幾つも蛇口の付いた広い流し場と違って、ただ一つだけ窓際にあった。そこだけ明るかったから、誰もがそこを使った。蛇口の下の、物が当たる場所はかなり磨り減って、相当深く窪みができていた。一旦窪みができると、坐りがいいものだから、そこに物を置く。粗《あら》めのセメントで、擦れるとますます穴は深くなるという勘定で、窪みにはいつも水が溜まっていた。

聡子は、そこをきれいに洗って、新しい水を溜め、金魚を放した。

金魚は、浅いけれども幅広くなった水溜まりで元気に泳ぎまわった。ただ端の方へ行くと腹がつかえて、背ビレが水の上に出た。体をくねらせてはうまく逃れ、またゆうゆうとヒレを漂わせている。

(これで、誰か、初めにここへ来た人が、気付いて、飼ってくれるかもしれない)

(どうか死なずに元気でいますように。いい人が見つけてくれますように)

みんなはもう寝付いてしまったのか、何も言わなかった。聡子は手探りで寝床に入って仰向けになり、暗闇の中をじっと見つめた。自然と涙がこぼれてきた。金魚が可哀想だからではなかった。父に叱られたからでもなかった。誰が憎いというものでもない。ただ悔しさがこみ上げてきた。やたらと涙が出て、耳に伝わって落ちた。口惜しい感じは、父に対するものではなかった。祖母のことも義兄のことも何でもなかった。自分がここにこうして一人でいるというそのことが、無闇に腹立たしく思われた。暗闇を睨んで横たわっている聡子が悔しくてしようがなかった。

（母ちゃんも暗闇を見つめているかしら）

翌朝早く、お向かいのおばさんが洗面器を持ってやって来た。

「これ、さっちゃんの金魚でしょ。流しですいすい泳いでいるものだから、びっくりしちゃった。あんな所へ忘れておいたりしちゃ猫が取っちゃうよ。でもよかったね。猫に見つからなくて。水を換えてやる時は、残さないように気をつけなきゃね、金魚が可哀想でしょ」

聡子は空のビンに金魚を移した。みんなは何も言わなかった。聡子は、今度母ちゃんが来た時に持って帰ってもらおうと思い付いた。食堂の奥の庭には、大きな池があったのを思い出したから。

山本先生の家

この前、この家に泊まりに来た時は、やっぱり緊張してなかなか眠れなかった。二年ほど前の三年生の時だった。

秋も半ばを過ぎて、台風の被害もなく、平穏に冬を迎えることができそうな年だった。

農家は刈り入れも終わって一安心。そこここの神社やお寺の境内では、秋祭りの準備に忙しい大人たちと、待ちきれない子供たちで、賑わっていた。櫓を組んで、紅白の天幕を張り、色とりどりの幟を立てた。俄作りの見世物小屋は、最も人気の集まるものだった。ただ一つの気掛かりと言えば、お天気模様だったが、この真っ青な大空から、雨粒など落ちようとは思われなかった。誰の顔も、仕事の終わった安堵感と、豊年の喜びをたたえ、祭りの憩いを待ちかねているようだった。

そういう季節になると、滋雄はじっとしていることができなかった。呉を離れた後で、うずうずしていた。一座を引き連れて田舎を回る誘惑に勝てなくなるのだった。何としても出かける気になった。

できるだけ広島周辺で、聡子が通学できる範囲に限ろうとしたけれど、五日ほどはどうしても、田舎の奥の方へ入らねばならぬことになった。

その間、聡子をどうするかが問題であった。学校を休ませることには、節子が反対した。どこかに預けるとして、

(幸治の所はどうだろう)

と、滋雄は思ってみた。が節子が反対することは解っていたので言わなかった。

節子が口を切った。

「聡子の受け持ちの山本先生にお願いしたらどうでしょう。一年生からお世話いただいていて、私たちの事情もよくご存知だから、五日ほどなら何とかしてくださると思います。聡子も三年生なので、自分の身の回りのことはできますし。御無理を言って、

お願いしてみましょう」

聡子は授業道具と二、三の着替えを持って、山本先生の後を付いて行った。

先生は痩せぎすのせいか、背は実際より高く見えた。真っ黒い髪がふさふさとしていて、顎の尖った長い顔には重そうだった。眼鏡の下で、目尻の深い皺が、笑っているように見える。少ししゃがれた声で、生徒たちの前で笑う時は、本当に嬉しそうだった。

郊外電車を降りると、切株の残った田圃を両側に見て、透明な水音を聞きながら石橋を渡る。しばらく小道の坂を上ると、木々の間にこぢんまりとした家が見えてきた。

「ただいま。聡子さんを連れて来たよ」

先生は靴を脱ぎながら、聡子を促した。

「さあ、遠慮はいらないよ。上がって。誰も遠慮する人なんかいないんだから」

玄関のたたきはすっきりと広く、上がり口の板の間は薄茶色で艶々と光っていた。下足箱の上には、黄色い大きな菊が活けてあった。格子戸の曇ガラスを通して射し込む夕方の光が肌色の壁に反射して、柔らかい雰囲気の中でひときわ気高さを誇ってい

るようだった。

「おかえりなさい。聡子さんね。いらっしゃい。さあお上がりなさい。誰も遠慮する人なんかいませんよ。先生と私と、二人きりなのよ。ヤギと鶏がいるから、好きなら世話してやってちょうだい。ちっとも遠慮のいらない所なのよ」

先生の奥さんは、着物のよく似合う小柄な人だった。丸くてきめ細かな赤味のさした顔をにこにことほころばせていた。きびきびした動きと、優しい声が気持ちよかった。

青い畳の黒い縁が、きちっきちっと長方形を仕切り、薄暗くなっていく夕べを引き締めていた。床の間の掛け軸は静けさを誘い、桔梗の花が落ち着いて見えた。古さの中にも暮らしがあり、ゆったり心和む家だった。

書斎は本で囲まれていた。聡子は見たこともない分厚い本に驚いた。あんなに厚い本があるのか。教科書の十倍以上の厚さだ。先生はあれを読んでしまったのだろうか。中でも一番厚みのある本の幅を、両手で測っておいた。

「ご飯にしましょう」

と呼ばれた時、聡子は（魚でありませんように）と思った。

「これ、ヤギのお乳なのよ。珍しいでしょ。飲んでごらんなさい。体にはいいのよ」

と聡子の前に、白いコップが置かれた。

「いただきます」

聡子は自分の声を聞いていた。プンと生臭い感じがしたように思ったが、牛乳とそんなに違わない気がした。

魚は出なかった。

（残さないようにきれいに食べなければならない。奥さんはお代わりを少しだけ注いでくれればいいんだけど）

「嫌いな物があれば、残してもいいのよ。好きな物だけ、沢山食べてちょうだいね。遠慮せずにね」

奥さんは本当に少しだけよそってくれたので、ほっとした。

真っ白い敷布にふっくらした蒲団が、部屋の中央に敷いてあった。

「隣には先生たちが寝ているから、一人でも怖くはないでしょ。夜中にお便所へ行き

たくなったら、起こしてもいいのよ。朝は起こしてあげるまで寝てたらいいの」

奥さんは電気を消して、隣の部屋へ行った。欄間から漏れてくる明かりで、部屋の中はぼんやりと見えた。さらっとした蒲団の肌触りがお客に来た感じだった。柔らかい枕が、かえって寝付きを悪くしているようだった。

聡子は眼を開けたまま、昼間見たこの家のことを思い出していた。

坂を上って急に見えるようになったこの家の印象では、もっと小さな家だった。しかし中に入ってみると、思ったより広かった。

玄関をガラッと開ける時の軽い音は、何と心地好いのだろう。朝はあの音を聞いて『行ってまいります』と出かけ、夕方もあの音を聞いて『ただいま』と言うのだな。

ガラガラッという音が、外と内の世界を隔ててくれている。

玄関で聡子を迎えてくれた、あの菊の花は目立ったな。葉の緑があまりにも濃く強そうで、美しく重なった黄色の花ビラを頂いて、得意そうに見えた。鉄色の花瓶、青い畳、でんと坐った長四角のテーブル（落ち着いた色艶が、上のレースの白さを際立たせている）、その上に煙草盆が出ていたな。見ない物まで解るような気がして、聡

子は頭の中で、家を旅して回った。

（なんていい家なんだろう。誰もがこんな家に住んでいるのだ。きっとクラスのみんなは、こんな家から学校へ来ているのだ）

（聡子には家がない）

四日が過ぎた土曜日の夜、食事のあとで、山本先生が言った。

「聡子さん。先生たちは用事ができて、明日は泊まり込みで、出かけなくちゃならなくなった。月曜には帰ってくるが、どうしても一晩留守にする。おばさんも一緒に行かなきゃならない。色々考えてみたんだが、三篠《みささ》の方にお祖母さんがいらっしゃるということなので、一日だけそこで泊めてもらってくれないかね。月曜日は、そこから学校へ行って、帰りはここへ帰ればいいんだからね。手紙を書いておいたから、これを持って明日の朝行ってくれないか。月曜日の勉強道具を揃えておいてな。済まないけど、どうにも都合がつかなくてね」

聡子は言われた通り、日曜日にお祖母さんの所に泊まり、月曜日はそこから学校に行った。授業が終わるのが待ち遠しかった。今日は六日目だから、母ちゃんが迎えにくるに違いない、と思ったから。

急いで学校を出て、電車を乗り継いだ。市内電車から可部線へ迷わず乗りこなした。坂を駆け上がって、玄関まで来た。が、まだ戸は開かなかった。どこの戸もみんな締め切ってあった。先生たちはまだ帰っていないのだな、と思うとがっかりした。鞄をそこに置いて、家の周りをぶらぶらした。

表からは遥かに田圃や家が見渡された。駅は見えなかったが、電車の通るのが見える。あの電車で先生たちは帰ってきたかしら、と思ってみて、しばらくの間、道を窺うように見ていたが、誰も上ってくる気配は感じられなかった。

小さな丸い小屋のような形に、積み上げられた藁や、葉と実を一つ二つ心細げに残している柿の木を、順に見やって歩きながら、裏へ回った。

鶏はもう、止まり木に止まって、ひっそりとしていた。ヤギを見に行こうとした時、鶏小屋の屋根に青い包みがあるのが目に留まった。見覚えのある縞模様が、ピンと心に響いた。それは節子が、自分の故郷から広島へ帰ってくる時、祖母に持たされた青い縞模様の着物だった。その着物をほどいて、聡子のちゃんちゃんこにした。その布と同じ青い縞模様であった。節子の母が糸を染めて、カタリコトリと織り上げた布だと聞いていた。

母の故郷で

節子の故郷は遠い美濃の国、岐阜である。広島で被爆して、直後は近くの小学校へ避難した。倒れてきた柱に頭をぶつけ怪我をしていた。体育館で横たわる母の枕元に、聡子はちょこんと坐っていた。配られたおにぎりを母の分まで両手に持って、大きな白い三角形を眺めていた記憶がある。広い体育館は横たわる人でいっぱいだった。全体がとても暗い感じで覆われていた。後から思えば、誰もが顔も手足も見分けがつかぬほど、血まみれ、土まみれの黒い塊だったからだろう。

横たわる人の間から、何人もの人が次々と担架で運び出されていった。亡くなったのだという。天井が高く、上の方がやけに広く感じられる空間の空気が、重く澱んで生臭いにおいがした。

母は、着の身着のまま、命からがら、やっとの思いでここまで逃げてきて、子供を抱えてどうしたものかと、何も考えられない状態だった。聡子はまだ三歳でほとんど覚えがないが、後で聞いた話である。

近くで横になっていた見ず知らずの中年の女の人が、三百円を差し出しながら節子に言った。

「帰る所があるのなら、小さな子供も居ることだし、これで行ける所まで行きなさい。こんな時だから、事情を話して、あとは何とか助けてもらいなさい」

(いつまでもここにいるわけにはいかない)

情けに満ちた優しい言葉に元気づけられた。

(せめて命あるうちに、故郷の母に会いたい)

節子は気力を振り絞って、生まれ育った岐阜へ帰ることにした。

広島駅から汽車に乗り、どうにか岐阜にたどり着いた。列車の中も同じような身の上の人ばかりで、色々と事情を酌んでくれたのだろう。

たどり着いた故郷は山々に囲まれ、段になった田圃はどこまでも続き、畦道で緑の色を変えながら山裾の家へとつながっている。何事もなかったかのような、静かな田園の風景が広がっていた。

後ろの山に抱かれて、運動場のように広い前庭があり、その左には大きな柿の木があった。その奥に二階建ての、真っ直ぐな二の字の瓦屋根の家が建っていた。その二階は、規則正しく整った同じ四角形の窓が続いている。何と大きな家だろう。二階は蚕を飼う所だという。

玄関を入ると、ぽかんと開いた空間の広い土間がある。幅広い一枚板の上がり框《がまち》から、囲炉裏のある部屋に入る。真っ黒い天井から巨大な薬缶《やかん》がぶら下がっていた。下の五徳のこれまた大きいこと。どんなに巨大な薬缶も鍋も、びくともせずに受け止められそうだ。十人以上が取り囲んでもまだまだ余裕のある、お化け火鉢みたいな囲炉裏だった。

祖母のほかに一番上の兄夫婦、その子三人には広過ぎるような気がする。母は八人兄弟だから、昔は賑やかだったのだろう。他の兄弟はみんな近くに住んでいるのに、母だけが遠く広島に居て、いつも祖母は気にかけていた。一先ず無事な姿を見て、どんなに安堵したことだろう。

祖母は何でも手作りできた。蚕を飼って絹糸を取り、糸を染め、機を織った。米を取った藁で草履まで作った。稲藁を湿らせて叩き、柔らかくして縄を綯《な》う。その縄を三本角のある台に掛け、四本の縄の間を縫うように藁を組み込んでいく。丸くなった背中に力を込めて、隙間なくしっかりと締める。小柄な祖母の手が、ごつごつして大きく見えた。何度も何度も藁を継ぎ足して、最初の芯の縄を引き締めると、やっときれいな小判型の土台ができる。赤やピンク色の布を巻いて組み合わせ、鼻緒を作る。聡子の足に合うように、超小型の可愛い藁草履を作ってくれた。

聡子は周りの子供たちとも仲良くなり、駆けても駆けても続く畦道を、我が物顔で探検した。何もかも開放的で新鮮だった。

平べったい串に粒の見える餅を巻き付け、大判型にして味噌を塗って焦げ目がつけてある。五平餅だという。甘くて香ばしい味噌の味。家ごとに秘伝の味噌があるそうな。聡子にとって初めてのこの味は、大のお気に入りとなった。

月日の経つのは夢のようで、あっという間のおとぎの国の暮らしであった。

節子の怪我もだいぶ癒え、元気を取り戻した。

「聡子ちゃんが帰っちゃうと、たるいよ」

「また、おいでよね」

名残を惜しんで、ひと月余りの滞在で二人は広島へ帰ってきた。その時祖母が持たせてくれたのが、木綿の縞模様の着物であった。その青い縞模様の着物を、節子は聡子の足袋やもんぺにも作り直した。履き心地が好くて、着古して穴が開いてしまった。愛着のある布だった。

母の手紙

鶏小屋の屋根に置かれたこの袋も色褪せている。青色は擦れて、端の方は白っぽくなっている。節子が巾着にして持ち歩いていたものだ。

聡子は急いで袋を取り上げた。すると、紙に包んだミルク飴が出てきた。

母ちゃんが来たのだ。私を迎えに来たのだ。どうして帰ってしまったのだろう。迎えに来たのなら待っていてくれればいいのに。留守の間に来たのだ。今日来たのだろうか。昨日来たのかもしれない。誰もいなかったから、不思議に思っただろう。今日また迎えに来てくれるだろうか……と泣き出しそうになりながら、包みを全部開いた。

小さな紙切れに、見慣れた鉛筆の文字があった。

『聡子、元気ですか。父さんも母さんも元気です。予定が変わって、少し遠くへ行くことになったのです。もうしばらくここに居てちょうだい。聡子が心配すると思って知らせに来たけれど、留守でした。飴を置いておきます。できるだけ早く迎えに来ます。いい子で待っていてください。先生によろしく伝えてください。　母より』

薄れた青の縞模様の袋を握り締めながら聡子は、母がそれを持ってここに立っていた姿を思い浮かべた。数時間前には、母はあの坂道を上ってきた。そしてこの足の下を踏んでいたのだ。この鶏小屋を台にして、手紙を書いたのだろう。手紙をどこに置こうかと考えて、あたりを見回したのだ。そう思えば、母の姿があたりに感じられた。すぐ近くにいるのではないかと思われた。しかし、突然、手の届かない遠くへ行ってしまったような気がした。

（母ちゃんが早く迎えに来てくれますように。あさってには来ますように。しあさってまでには絶対に来てくれますように。どうか神様。もう絶対に、母ちゃんに口答えはしません。何でも言うことを聞きますから、あさってには来させてください。聡子の寿命が三年縮んでもかまいません。あさってには来ますように。神様。寿命が十年縮んでもかまいません。半分になってもいいですから、しあさってまでには、絶対に来ていますように。お願いします。お願いします……）

手を組んで天を仰ぎ、そして頭を垂れて神様に頼んだ。必死になってお願いした。もし涙がこぼれたら、神様が願いをきいてくださる証なのだ。そう思うと、眼に溜まった涙が気になった。どうしてもこぼさねばならない気がした。絶対にこぼしてみせるという気になった。この袋を見た時には泣けた。涙は出そうと思わないのに出てきた。今は悲しいけれど、涙のことを考えた途端に、涙が出なくなった。

（母ちゃんはずっと迎えにこないのではないだろうか。先生たちも帰ってこないような気がした。もう夕暮れになるのに、先生たちは本当に帰ってくるのだろうか。聡子は一人ぼっちになったのだろうか。家の中にも入れずに、ずっと一人でいなければならないのだろうか……）

そう考えると、涙が出てきた。涙がこぼれそうになった。しかし涙のことを考えると、このまま乾いてしまいそうな気がして、急いでぎゅっと目を瞑り、涙を粒にしてこぼした。

(よかった。これで母ちゃんは、しあさってまでには来てくれる)

そう思った。

あたりは大分薄暗くなってきた。

みんなが家に帰っている頃だと思った。

(今から百数えるうちに、電車が通ったら、先生たちは十分の内に帰って来る)

一・二・三……六十を過ぎても電車は来そうになかった。できるだけゆっくり数えなければいけない。もし百までに電車が来なかったら、望みがなくなりそうな気がした。九十になっても電車は通らなかった。さらにゆっくり、ひとつ……ひとつ……引き延ばしてみたが、とうとう百まで来てしまった。

(もう一度だけ、神様、お願いします)

もう十数えるうちに電車が来れば、三十分で先生たちが帰ると決めて、慎重に数え始めた。(今度が本物です。最後のお願いです)イチ・ニ・サン……電車が来ますように。来ますように、と祈りながらゆっくり数える。七まで数えると電車が来た。聡子はほっとした。しかしすぐに、今の数え方があまりに遅過ぎて、卑怯だったから、神様が願いを聞いてくださらないのではないかと、心配し始めた。そんなことをしながら、先生たちの帰りを占ってみたが、何度やっても、先生たちの姿は現れなかった。

ますます暗さが増して、下の道を通る人を見分けられなくなった。

ゴトトン・ゴトトンというレールの音が寒さを響かせる、晩秋の夕暮れの中に、聡子はぽつんと立っていた。走る点線のような電車の窓明かりが、温かさを感じさせるので、よけいに肌寒さを覚えながら、ミルク飴をしゃぶった。優しい甘さが、また、心細さを増幅させた。

その後ミルク飴を見ると、甘さと共に寂しさと、あの時の情景が浮かんできた。夕闇の中で、母を思い、担任の先生を待っていた。今こうして、あの時泊まりに来た同じ家で、昔を思い浮かべている自分が、別人に思えた。遥か昔の物語の中の登場人物であるかのような気がした。(どんなに心細かったことだろう)

あれから、先生たちは間もなく帰ってきた。遠くにいる身内に不幸があって、予定より大分遅くなり、聡子には寂しい思いをさせてしまったと、何度もいたわってくださった。

母も三日後には迎えに来てくれた。

（神様に願いが通じていた。神様は願いを叶えてくださったのだ）

（私は神様との約束を守れているだろうか）

（母に心配させないように、強くなれただろうか）

母は今日も、食堂の厨房で、せっせとお米を研いでいる。顔を真っ赤にして、くどの火を見つめているだろう。額に一筋の皺が深く刻まれているように思われた。

今朝、お向かいのおばさんが、何でも映せる機械の話をした。見たいと思うものは、何でも見ることができると言っていた。海だろうと山だろうと、俳優さんだろうと、スイッチをひねりさえすれば、好みのものが出てくる機械だと言った。テレビジョンというもので、日本にもあるのだけれど、ものすごく高いのだと話していた。

聡子はずっとその機械のことを考えた。もしその機械が手に入ったら、いつも母の姿を映していようと思った。

買物に行ったり、洗い物をしたりする母の姿が、いつも画面に映っている。

(画面いっぱいに、母ちゃんの顔を大写しにしても、母ちゃんは気付かずに、お米を研いでいるだろう)


昔からお付き合いのある、名のある会社の社長さんから、紙屋町にあるかなり大きなビルの、管理の仕事を紹介された。これからは定職に付いて、安定した生活をすれば、子供の教育にもいいし、みんなが安心できる。

社会も変わってきているのだから、と説得されて、滋雄は、渋々従うことにした。年貢の納め時だと、観念した。

滋雄の人生の、第二幕が終わったのである。中に立ってくれた社長さんの顔を潰すわけにはいかぬ。義理と人情に生きてきた、滋雄は腹をくくった。

節子の店に近い十日市に、適当な住まいを見つけた。聡子も自分も、学校や職場に、まああの距離だ。
これから、また、新しい筋書きが始まるのだ。
聡子には、父と母と三人の、新たな場面が、まったく想像がつかなかった。

著者プロフィール
清水 純子（しみず じゅんこ）
1942年　広島生まれ
1955年　広島市立袋町小学校卒業
1965年　広島大学英語学英文学科卒業
以後、広島県立広島国泰寺高等学校、
広島皆実高等学校、安芸府中高等学校勤務
趣味：和紙人形作り、紅型染
つぶやき：目を閉じて、今もなお母をしのびます。
　　　　　ありがとうございました。そしてごめんなさい。

瞼の母

2024年10月15日　初版第１刷発行

著　者　清水 純子
発行者　瓜谷 綱延
発行所　株式会社文芸社
〒160-0022 東京都新宿区新宿1－10－1
電話 03-5369-3060（代表）
03-5369-2299（販売）

印刷所　TOPPAN クロレ株式会社

ISBN978-4-286-25765-5